VENTE DES 23, 24 & 25 AVRIL 1866

COLLECTION DE M. G***

MEUBLES ANCIENS

OBJETS D'ART

ET

TABLEAUX

M. **CHARLES OUDART**, Commissaire-Priseur,
Cité d'Antin, 8;

M. **ÉMILE BARRE**, Expert,
Cité d'Antin, 7.

RENOU & MAULDE

IMPRIMEURS DE LA COMPAGNIE DES COMMISSAIRES-PRISEURS

Rue de Rivoli, 144.

CATALOGUE

D'OBJETS D'ART

ET

DE CURIOSITÉ

TABLEAUX & MINIATURES

Très-beaux Meubles en bois sculpté, des XVIe & XVIIe Siècles,
Lits, Crédences, Siéges, etc. ;

MAGNIFIQUE SECRÉTAIRE DE L'ÉPOQUE LOUIS XVI

Pendules en marqueterie et en bronze doré, des époques Louis XIII,
Louis XIV et Louis XV, Feux, Flambeaux, Glaces en bois sculpté et doré ;

TROIS GRANDES & BELLES TAPISSERIES DE BERGAME

Porcelaines de Sèvres, de Saxe, de Chine & du Japon ;

SUPERBE GROUPE EN MARBRE

Bustes en marbre, Terres cuites, **Émaux**, Ivoire, Bijoux,
Objets en fer ciselé, Miniatures, Armes ;
Livres avec riches reliures, Collections de Monnaies et Médailles ;
Faïences de Delft, Rouen et Nevers ;

TABLEAUX ANCIENS, SUJETS DE CHASSE ET AUTRES

COMPOSANT LA COLLECTION DE M. G***

DONT LA VENTE AUX ENCHÈRES PUBLIQUES AURA LIEU

HOTEL DROUOT

SALLE N° 1, AU PREMIER ÉTAGE

Les Lundi 23 & Mardi 24 Avril 1866

ET SALLE N° 6

Le Mercredi 25 Avril.

Par le ministère de Me **CHARLES OUDART**, Commissaire-Priseur,
Cité d'Antin, 8,
Assisté de M. **ÉMILE BARRE**, Expert, Cité d'Antin, 7,
Chez lesquels se distribue le présent Catalogue.

EXPOSITION PUBLIQUE

Le Dimanche 22 Avril 1866, de 1 heure à 5 heures

PARIS — 1866

CONDITIONS DE LA VENTE

Elle aura lieu expressément au comptant.

Les acquéreurs auront à payer CINQ CENTIMES par franc en sus des enchères.

DÉSIGNATION

DES OBJETS

Meubles anciens.

1 — Magnifique secrétaire Louis XVI en acajou orné de bronzes dorés très-finement ciselés.

Le dessus est en marbre blanc entouré d'une galerie à draperies au-dessous de laquelle se trouve une frise formée par un enroulement de fleurs et de feuillages du fini le plus précieux; le milieu est décoré d'un médaillon en bronze représentant un sujet pastoral

Il porte la signature Moliton.

2 — Petite table à ouvrage en bois de rose ornée de bronze doré; le dessus est formé par une plaque de cuivre gravée, avec médaillons de porcelaine de Sèvres, décors de fleurs et d'oiseaux.

3 — Petit guéridon ovale en bois de rose avec plaque en vieux Sèvres tendre; décors de paysage et ornements en bronze doré.

4 — Très-beau lit, époque Louis XIII, en bois sculpté, soutenu par quatre colonnes demi-cannelées; le chevet ainsi que le bas et les côtés sont ornés de bas-reliefs représentant des anges enlacés dans des rinceaux.

Ce lit est orné de belles pentes en ancienne tapisserie à la main, découpées, et d'un baldaquin en soie festonnée de l'époque Louis XIII.

5 -- Beau lit gothique en bois sculpté, supporté par
quatre colonnettes, d'une riche ornementation.
Le baldaquin est orné d'anciennes guipures.

6 — Lit en bois sculpté à colonnes torses; le bas est orné
d'oiseaux et de feuillages.

7 -- Petit meuble à deux corps de l'époque de Henri II,
en bois sculpté, orné de plaques de marbre; les panneaux sont enrichis de bas reliefs représentant des sujets
allégoriques, chimères et têtes d'anges.

8 — Crédence en bois sculpté, avec incrustations de bois
de couleur, représentant des vases de fleurs; travail
italien, xvie siècle.

9 — Bahut en bois sculpté du xvie siècle; le devant est
orné de deux colonnes cannelées avec panneau décoré
de figures et de chimères.

10 — Crédence en bois sculpté du xvie siècle soutenu
par huit colonnettes d'une architecture très-élé-
gante.

11 — Meuble à deux corps très-richement orné de nom-
breuses arabesques; époque Louis XIII.

12 — Meuble de même forme et de même travail que le
précédent.

13 — Bahut en bois sculpté avec sa ferrure; le devant
est orné de médaillons de figures en haut-relief.
xvie siècle.

14 — Coffre de mariage en bois sculpté orné de sujets
religieux en bas-reliefs. Sur le haut est une devise la-
tine gravée en creux.

15 — Meuble à hauteur d'appui en bois sculpté formant
vitrine.

16 — Prie-Dieu gothique en bois sculpté; le haut est finement découpé à jour.

17 — Très-belle table en bois sculpté avec pieds canne-
lés à jour et frise à gaudrons.

18 — Douze belles chaises de salle à manger en bois
sculpté, époque Louis XIII. Elles sont recouvertes en
cuir gaufré et gravé; décors d'oiseaux et d'attributs.

19 — Deux autres chaises même travail et même époque
que les précédents.

20 — Neuf escabeaux en bois sculpté; décors d'oiseaux
et arabesques.

21 — Bureau Louis XIII en noyer garni de plaques en fer
gravé.

22 — Petit médaillon; le devant est orné d'un bas-relief
dans le style de Jean Goujon.

23 — Deux beaux fauteuils en bois sculpté, époque Louis
XIV, recouverts en ancienne tapisserie des Gobelins,
bouquets de fleurs.

24 — Divers autres fauteuils en bois sculpté, recouverts
en tapisserie au point et en ancienne persane; époques
Louis XIII, Louis XIV et Louis XV.

25 — Deux tabourets en bois sculpté couverts en cuir de
Cordoue.

26 — Belle glace en bois sculpté et doré avec fronton,
époque Louis XIV, avec ornements à jour et figures.

27 — Glace de même travail et même époque que la précédente.

28 — Glace avec riche bordure sculptée et dorée, travail
italien, époque Louis XIV.

29 — Petite glace avec cadre en ébène gravé.

Pendules et Bronzes.

30 — Grande et belle pendule religieuse en écaille et
ébène, à colonnes plates ornées de chapiteaux très-
fins en bronze doré; le cadran en cuivre est fleurdelisé
et à coins ornementés.

31 — Pendule religieuse plus petite en écaille et ornée
d'une figurine en bronze doré.

32 — Pendule Louis XIII en bois noir orné de bronzes.

33 — Belle et riche pendule en marqueterie de cuivre
sur écaille noire. Dans le haut, une figurine, l'Amour
tenant une faulx ; dans le bas, le Temps couché sur
une draperie qui forme ornement autour des quatre
pieds sur lesquels repose la pendule.

34 — Belle pendule époque Louis XVI en bronze doré,
orné de deux figures, l'Étude et l'Astronomie.
   Elle est posée sur un riche socle en bois noir sculpté
orné de fleurs et d'attributs de musique.

35 — Grand et riche cartel en bronze doré, époque
Louis XIV, avec figures et ornements. Le haut repré-
sente un Amour dans un char traîné par des colom-
bes et entouré des rayons du soleil; le bas un Amour
qui couvre d'un voile une femme nue endormie figu-
rant la nuit. Le mouvement est à quart et à se-
condes.

36 — Pendule Louis XVI en biscuit avec cadran émaillé
en couleur.

37 — Paire de chenets en bronze, époque Louis XII, représentant des enfants faisant de la musique.

38 — Paire de flambeaux Louis XVI à deux lumières.

39 — Autre paire en cuivre argenté, époque Louis XVI, finement ciselé.

40 — Autre paire époque Louis XV.

41 — Autre paire en bronze, gravé, époque Louis XIV.

42 — Un flambeau en bronze du xve siècle.

43 — Paire de chenets en fer forgé, xvie siècle.

Marbres.

44 — Grand et beau groupe en marbre de Carrare, représentant les Amours captifs. Il est signé S. Denéchaux et figurait au salon de 1862. Il est gravé dans l'*Artiste*. Ce groupe mesure 2 mètres de haut.

45 — Beau buste de femme avec une draperie à demi-posée sur les seins, marbre blanc, travail de l'époque de Louis XIV.

46 — Autre buste de femme, un sein nu et l'autre couvert d'un drapeau, travail du 17e siècle.

Ces deux bustes reposent sur des gaînes en marbre gris veiné de noir ; le haut est en griotte d'Italie.

Tapisseries.

47 — Trois belles et grandes tapisseries de Bergame, formant pendant, xvie siècle. Elles représentent des scènes de chevalerie, avec personnages de grandeur naturelle.

48 — Tapisserie de verdure en ancien Gobelins.

49 — Portrait de jeune femme en buste, d'après Boucher, ancienne tapisserie des Gobelins.

PORCELAINES DE SÈVRES, SAXE, CHINE & JAPON

50 — Une grande et belle paire de vases en porcelaine du Japon laqué, avec dessin, à fond d'or, sur socle en bois laqué, orné de plaques du Japon.

51 — Une autre paire plus petite, même porcelaine que la précédente.

52 — 12 assiettes en ancienne porcelaine de Chine, émail de couleur, décor de fleurs.

53 — 21 petites assiettes plates en vieux Chine, décor dit de la famille verte.

54 — 5 plats creux, mêmes décor et qualité.

55 — 4 autres forme coquille, même décor.

56 — 6 beaux plats creux, décors d'animaux et attributs, dits de la famille verte.

57 — 1 grand plat creux à fleurs, décor de la famille verte.

58 — 1 grand plat en Japon, décor rouge et bleu.

59 — 2 sucriers en Japon, avec plateau et couvercle, décor rouge et or.

60 — Deux beaux plats de Chine avec fond orné d'armoirie.

61 — 2 compotiers en vieux Saxe, décors de fleurs.

62 — 18 belles assiettes, décors de fleurs en vieux Saxe, avec bord gaufré.

63 — Une belle tasse en Saxe à godrons.

64 — 1 petit pot à pommade en vieux Sèvres.

65 — Une tasse en vieux Sèvres tendre.

Faïences diverses.

66 — Grand plat armorié, fabrique de Saint-Cloud.

67 — Plat en Delft, fond vert.

68 — Deux grandes bouteilles en Delft, décor bleu.

69 — Grand plat en faïence de Nevers.

70 — Une soupière en Rouen.

71 — 1 grand plat, 2 assiettes et 2 compotiers en Rouen, décor à la corne.

72 — Petit plat en Delft, décor polychrome.

73 — Petit sucrier faïence de Rouen, décor bleu.

74 — Environ 100 pièces de faïence de Delft, Rouen, Nevers, Strasbourg, telles que plats, vase, jardinière, etc., qui seront vendus par lots.

TABLEAUX, DESSINS ET MINIATURES

SNYDERS (François)

75 — Grand tableau représentant une Chasse au sanglier.

TENIERS LE PÈRE

76 — Grand tableau représentant une campagne des Flandres, où l'on voit divers groupes de paysans, les uns occupés à causer, les autres à décharger leurs montures, et à divers travaux domestiques.

PORBUS (École de)

77 — Portrait de dame de qualité en riche costume; elle est représentée en Junon.

DU MÊME

78 — Portrait de dame en costume allégorique. Pendant du précédent.

ÉCOLE DU PRIMATICE

79 — Femme et Amour, avec riche bordure sculptée.

HOLBEIN

80 — Petit Portrait d'un duc de Bourgogne, sur fond rouge, dans sa bordure sculptée dans le panneau même. Il est représenté vêtu d'un manteau de riche étoffe bordé de fourrure, et porte le collier de la Toison d'or.

PORBUS LE VIEUX

81 — Portrait de Charles-Quint.

Il est représenté revêtu de son armure de parade, tête nue et tenant un bâton de commandement à la main.

LARGILLIÈRE

82 — Portrait de la duchesse de Sully, petite-fille de Henri IV.

ÉCOLE FRANÇAISE

83 — Portrait du prince de Conti. Il est revêtu d'une armure ornée de fleurs de lis.

DE LA MÊME

84 — Portrait du cardinal de Lorraine.

MIGNARD

85 — Portrait de la duchesse de Longueville.

DU MÊME

86 — Portrait du duc de Longueville. Pendant du précédent.

DU MÊME

87 — Portrait d'une jeune princesse.

ÉCOLE FRANÇAISE

88 — Portrait de Mme du Châtelet. Elle est vêtue d'une robe bleue ornée de fourrures.

ÉCOLE ITALIENNE

89 — Sainte Magdeleine pénitente.

ÉCOLE FLAMANDE

90 — Port de mer orné d'un grand nombre de figures.

BRANDT

91 — Vue des environs de Vienne. Charmant paysage
orné de fabriques et de figures. Gouache sur papier.

DU MÊME

92 — Autre Vue des environs de Vienne. Pendant du précédent.

CARLO DOLCI

93 — Tête de Vierge.

94 — Sous ce numéro divers tableaux non catalogués.

95 — Miniature sur vélin : portrait de seigneur; il est représenté en costume allégorique, couché sur un tertre avec
deux chiens près de lui.

96 — Miniature sur ivoire, par Augustin : portrait de dame
de qualité en costume Louis XVI dans un intérieur. Elle
est assise accoudée sur une table et tenant un livre à la
main.

97 — Miniature sur ivoire : portrait du duc de Penthièvre;
il est revêtu de sa cuirasse.

98 — Miniature sur vélin : Vierge et Enfant Jésus.

99 — Deux dessins à la mine de plomb : portraits de dame
et seigneur, dans un écrin en galuchat.

100 — Deux sujets de chasse : gouaches d'après Wouver-
mans.

Objets divers, Ivoires, Émaux.

ORFÉVRERIE, BIJOUX, MONNAIES

101 — Coupe en émail, xvi° siècle. Elle est ornée à l'extérieur de sujets de chasse et de mascarons, et à l'intérieur d'un sujet biblique.

102 — Plaque en émail de Nouhailler : Saint en prière.

103 — Très-belle statuette en ivoire : le Christ en extase, avec socle en ébène, orné de lapis lazuli.

104 — Triptyque en ivoire, avec volets en bois finement sculptés. Travail italien.

105 — Très-beau mortier en bronze, orné de bas-reliefs. Signé Hendrik Kemper 1728.

105 bis. — Groupe en biscuit de Sèvres.

106 — Terre cuite. Femme nue accroupie. Signée Pruche, 1786.

107 — Très-riche vidrecome en vermeil, sujets d'enfants et d'ornements. Travail italien repoussé, xvi° siècle.

108 — Belle clef en fer finement ciselé, xvi° siècle.

109 — Autre clef de même époque.

110 — Très-belle montre en or émaillée en plein, sujet de fleurs. Elle est ornée de roses avec sa clef en or également émaillée.

111 — Coupe en agate montée en vermeil finement émaillée.

112 — Couteau et fourchette avec manches émaillés sur or, époque Louis XIII, dans leur gaîne en cuir gaufré.

113 — Petite bonbonnière émaillée, époque Louis XIII, montée en or.

114 — Coffret en laque burgauté, avec plaques en bronze gravé.

115 — Manuscrit du xve siècle orné de miniatures sur vélin.

116 — Deux salières Louis XVI, en argent.

117 — Petite boîte à manches en ivoire.

118 — Bijou normand repercé à jour, en or.

119 — Autre bijou, avec oiseau et pierres de couleur.

120 — Paix en cuivre : Christ en croix.

121 — Aumônière brodée en fin or et argent.

122 — Livre relié en maroquin rouge, aux armes de Louis XIV.

123 — Un autre, aux armes de Savoie.

124 — Trois volumes avec armoiries.

125 — Quatre autres.

126 — Un lot de monnaies et médailles en bronze, argent et or, dont une partie est relative à la ville de Chartres.

127 — Vitraux.

128 — Environ 100 panneaux en bois sculpté des xvie et xviie siècles provenant de crédences et bahuts.

Renou et Maulde, imprimeurs de la Compagnie des Commissaires-Priseurs, rue de Rivoli, 144.   51598

MIRE ISO N° 1
NF Z 43-007
AFNOR
Cedex 7 - 92080 PARIS-LA-DÉFENSE

3/79 96/10
graphicom

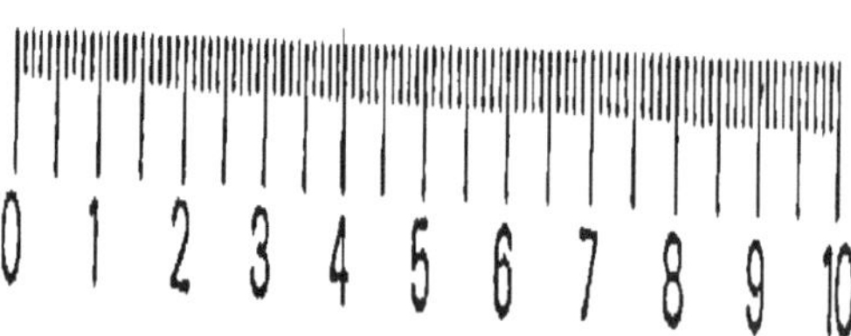

BIBLIOTHEQUE NATIONALE DE FRANCE

****

CHATEAU DE SABLE

1995